Las sonrisas

Las sonrisas perdidas

Begoña Oro

Ilustraciones de Noemí Villamuza
y Alma Larroca

Primera edición: diciembre de 2005
Octava edición: mayo de 2013

Dirección editorial: Elsa Aguiar
Coordinación editorial: Gabriel Brandariz

Impresores, 2
Urbanización Prado del Espino
28660 Boadilla del Monte (Madrid)
www.grupo-sm.com

ATENCIÓN AL CLIENTE
Tel.: 902 121 323
Fax: 902 241 222
e-mail: clientes@grupo-sm.com

ISBN: 978-84-675-0708-9
Depósito legal: M-4807-2010
Impreso en la UE / *Printed in EU*

A quienes hacen reír a Ignacito

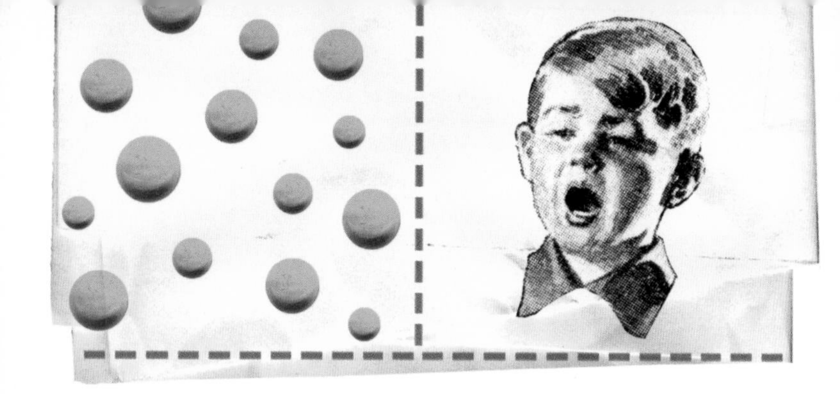

Hay cosas contagiosas
como, por ejemplo,
el sarampión y los bostezos.
Pero había una vez
una cosa más contagiosa todavía:
la risa de Enrique.
Cuando Enrique sonreía,
la gente sonreía.
Cuando Enrique reía,
la gente reía.
Así de sencillo.

Solo había tres personas
en todo el mundo
que escapaban al contagio.
Se llamaban Felisa, María y Pascual.
Felisa vivía en Peraltilla
y era tía de Enrique.
María era la vecina de enfrente de Enrique,
y Pascual,
el portero de su edificio.

Ni la tía Felisa,
ni la vecina María,
ni el portero Pascual
sonreían al ver sonreír a Enrique.
De hecho,
ninguno de los tres sonreía nunca.

En el otro extremo,
estaba el caso del pequeño Rodrigo,
el hermano de Enrique.
Rodrigo se contagiaba enseguida.
Bastaba con que Enrique curvara
un poco los labios
para que Rodrigo se echara a reír.

Enrique se conformaba con eso
hasta que su hermano
aprendiera a hablar.
Entonces
sí podrían ser muy amigos.

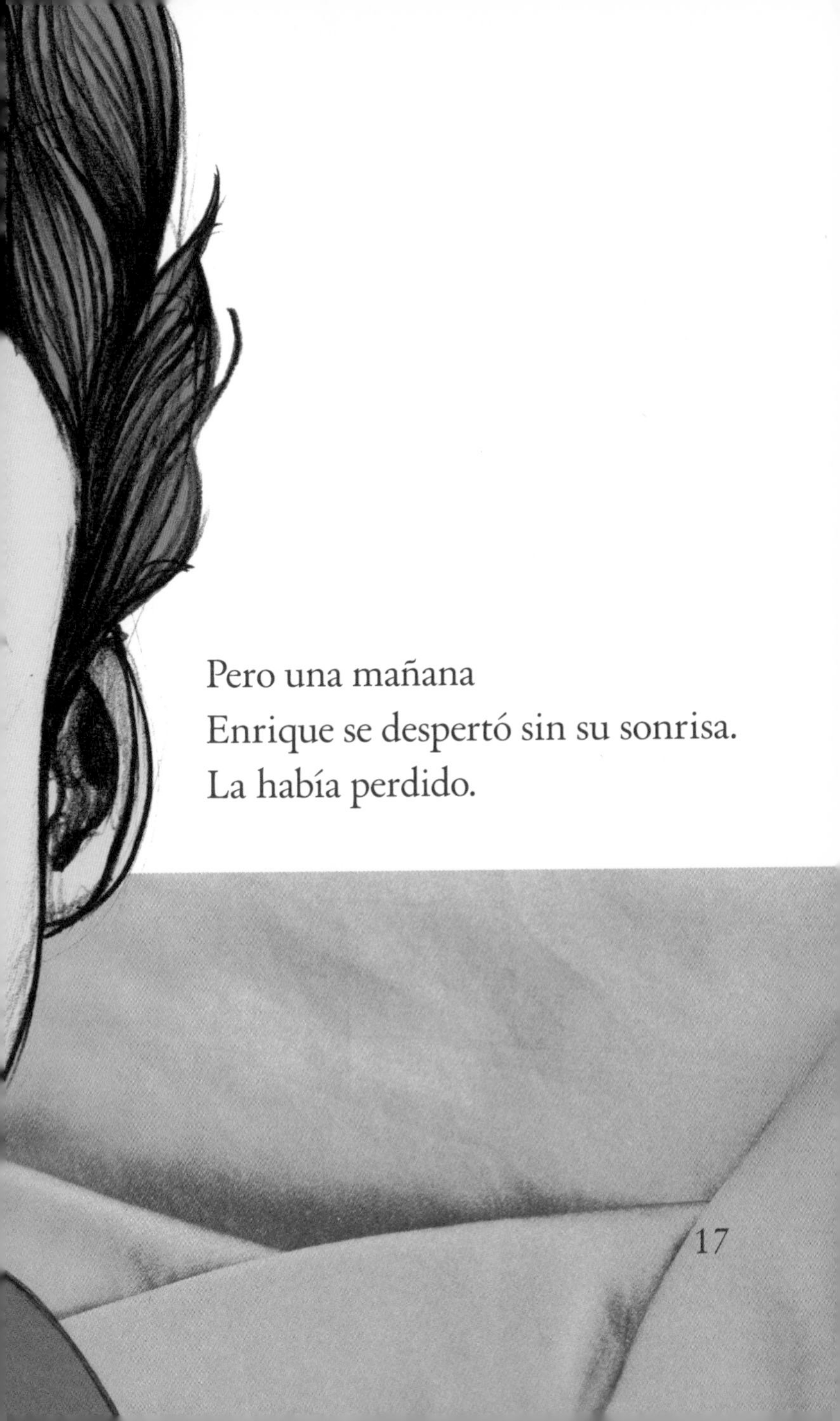

Pero una mañana
Enrique se despertó sin su sonrisa.
La había perdido.

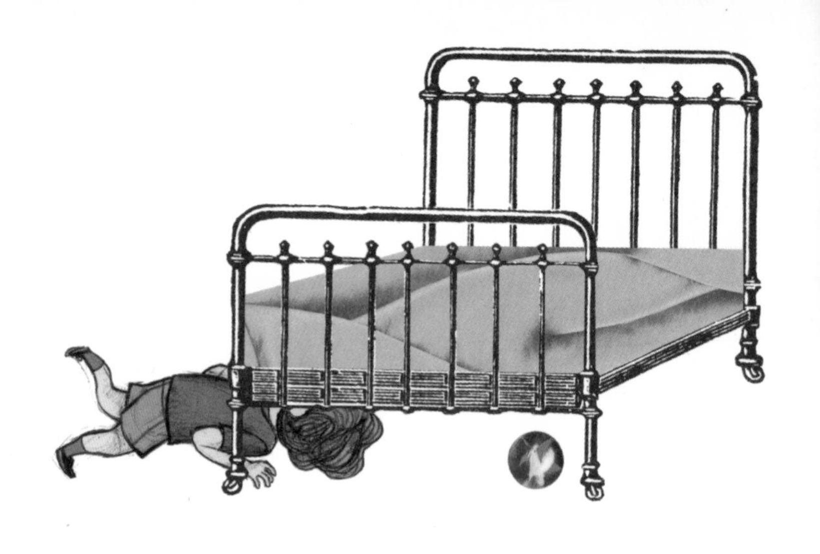

La buscó debajo de la cama,
en la alacena de la cocina,
en el cubo de la basura,
dentro del vaso de leche.

La buscó en el bolsillo del pantalón,
dentro de la mochila,
sobre la estantería del baño,
en el cajón de la mesilla.
Pero la sonrisa no aparecía
por ninguna parte.

67

Entonces Enrique salió
a buscarla a la calle.
Por el camino se cruzó
con su vecina María
y saludó a Pascual, el portero.
Pero estaba claro
que ninguno de los dos
tenía su sonrisa.

Una vez en la calle,
Enrique se puso a seguir
a un perro que sonreía.
Después de dejar atrás
tres árboles,
el perro se paró
junto a una farola.

De la farola se incorporó
una chica sonriente
que se había apoyado
para sacar una foto de su carpeta.
Y Enrique se puso a seguirla.

Después de doblar la esquina,
la chica de la carpeta se metió
en una cafetería.

Café

De la cafetería salía un hombre
que sonreía mientras hablaba
por su teléfono móvil.
Y Enrique se puso a seguirle.
Después de cruzar dos semáforos,
el hombre del móvil se metió
en un portal.

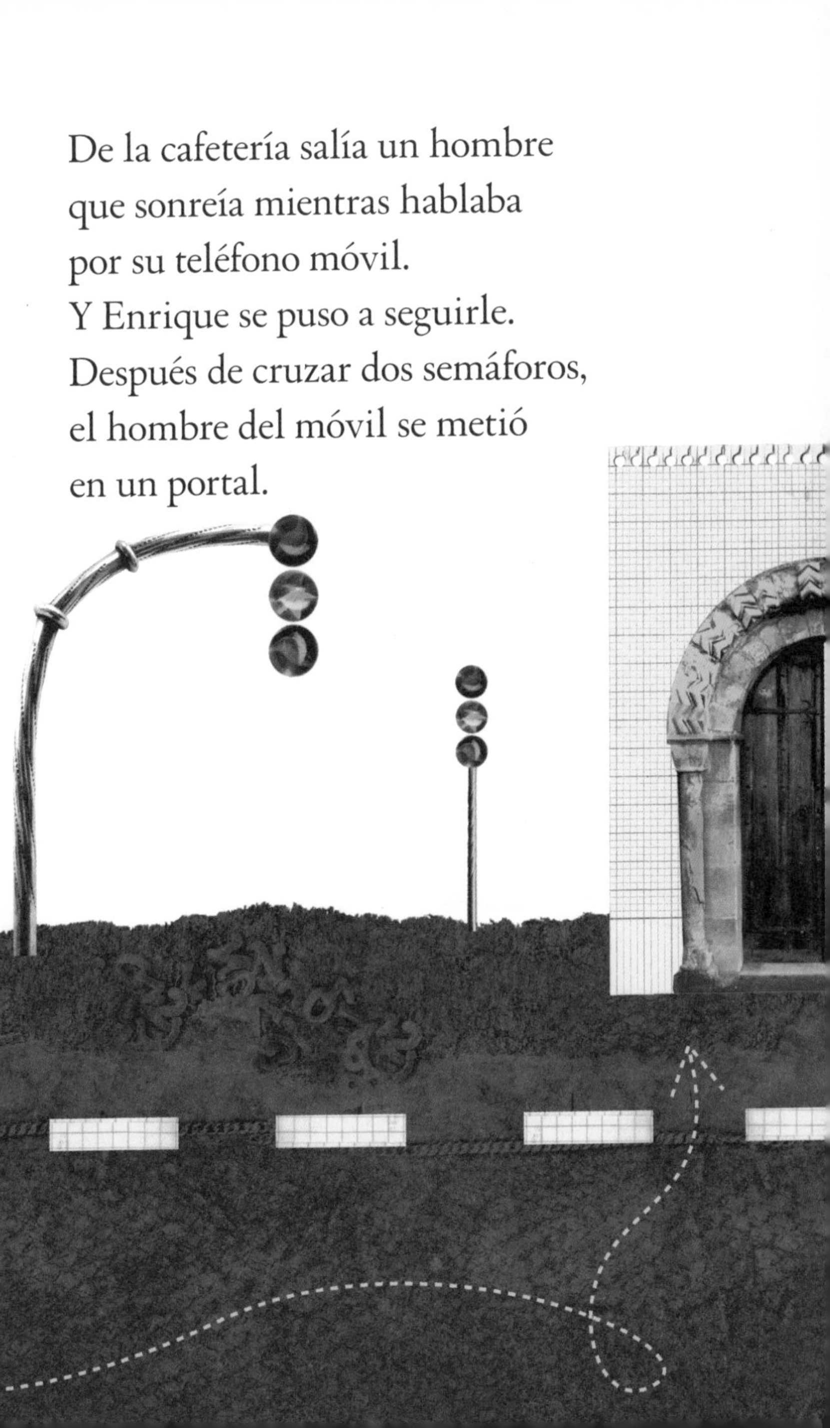

Del portal salía un abuelo sonriente.
En cuanto pisó la calle,
se puso a silbar un pasodoble.

Y Enrique se puso a seguirle.
Después de entrar en el parque,
el abuelo se sentó
en un banco al sol.

Del banco se levantaba una anciana
que movía la cabeza
mientras se reía flojito.
Y Enrique se puso a seguirla.

De pronto, la anciana se paró junto a un árbol
que tenía un agujero en el tronco,
cogió impulso y saltó al interior.

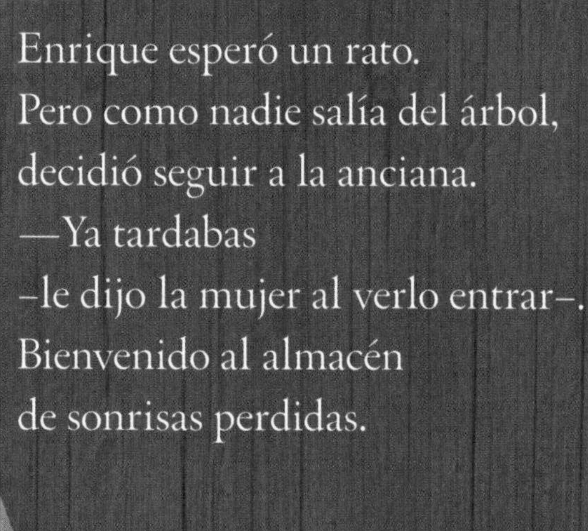

Enrique esperó un rato.
Pero como nadie salía del árbol,
decidió seguir a la anciana.
—Ya tardabas
–le dijo la mujer al verlo entrar–.
Bienvenido al almacén
de sonrisas perdidas.

ALMACEN

Enrique se puso a buscar
entre un montón de sonrisas.

Algunas eran frescas,
otras rosas, gordas,
finas, ruidosas,
calladas, amplias,
mentirosas...
Había sonrisas de todo tipo.

Incluso estaba
la sonrisa de Pascual,
el portero.
Enrique la reconoció
porque tenía pelos de su bigote.

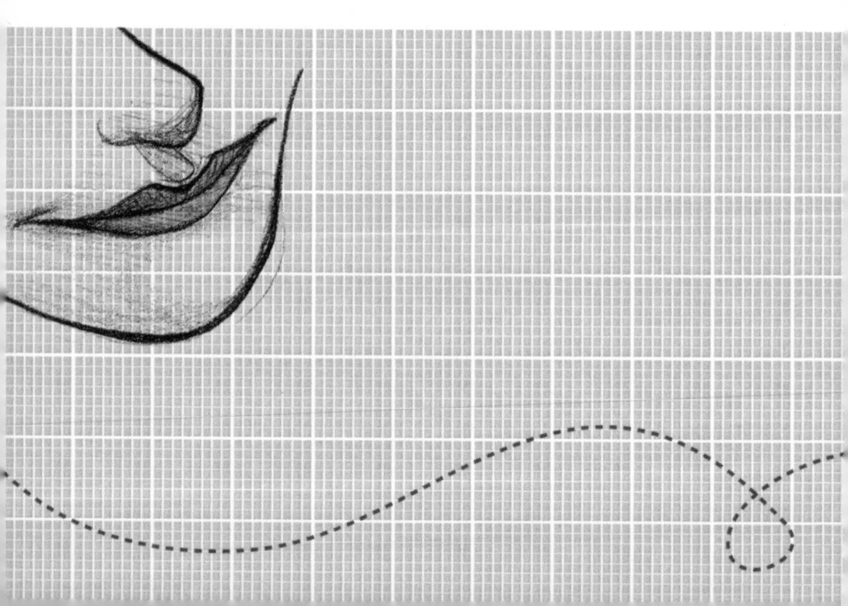

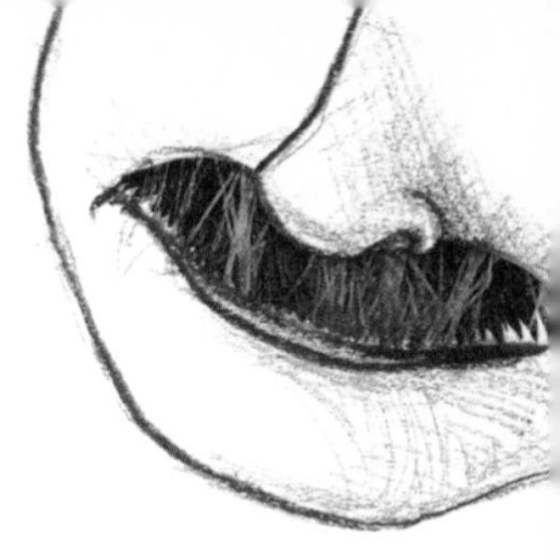

Y la de María, la vecina.
Enrique la reconoció
porque estaba pintada de rosa chicle.
Y la de su tía Felisa,
la del pueblo.
La misma sonrisa
que había perdido
cuando murió su marido.
Enrique la reconoció
porque todavía olía al hospital
donde se perdió.

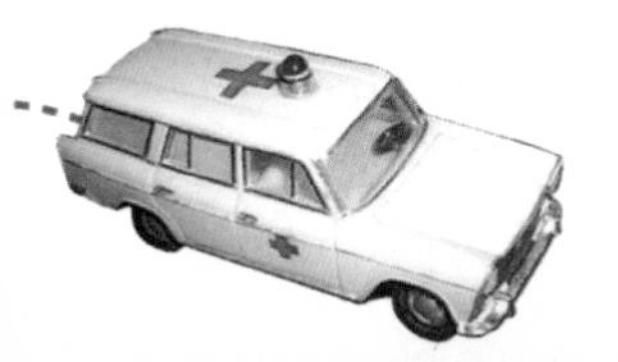

Pero ni rastro
de la sonrisa de Enrique.

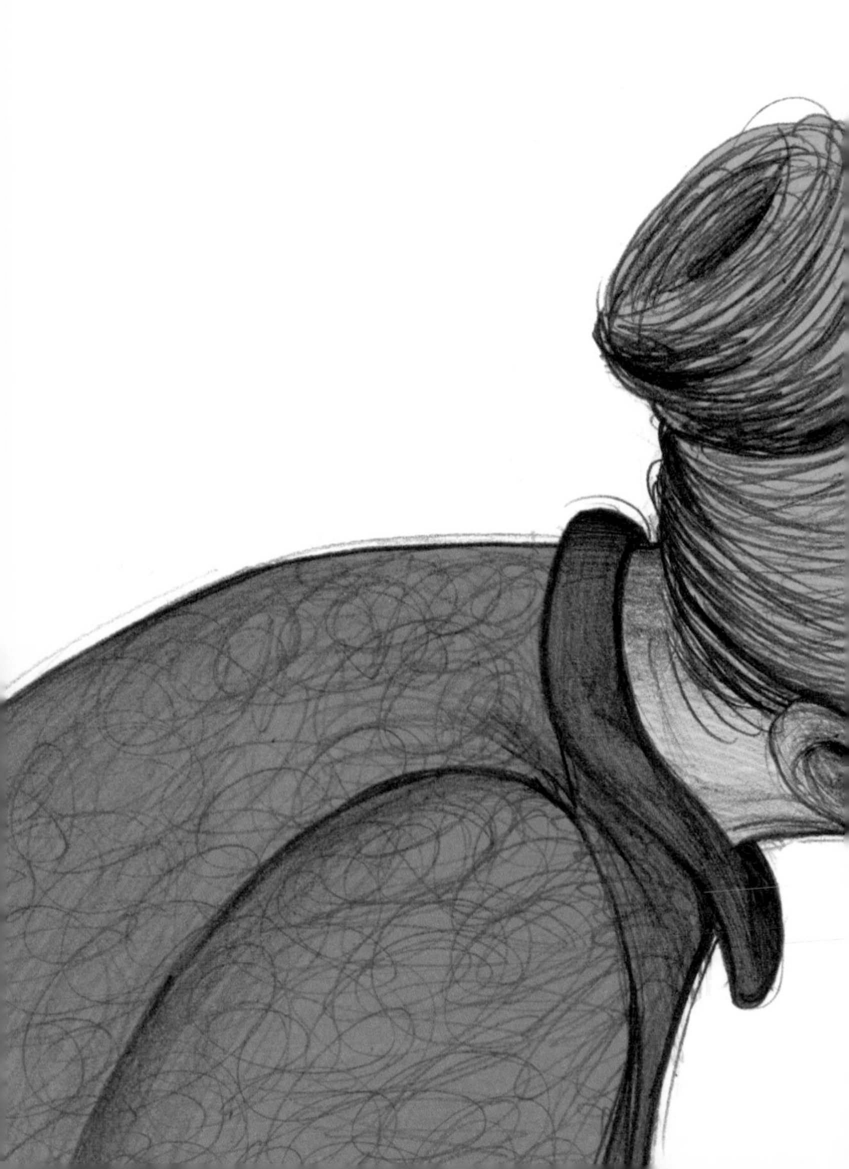

—¿Qué te sucede?
–le preguntó la anciana del árbol–.
¿No la encuentras?
—No. ¿No tiene más?
—No. Tendrás que seguir buscando.

Cuando Enrique ya estaba a punto
de salir del árbol,
se volvió y preguntó,
señalando a las sonrisas
de Pascual, María y Felisa:
—Señora,
¿puedo llevarme estas tres sonrisas?

—Solo si conoces a sus dueños.
Son las normas.
Enrique cogió las sonrisas
y salió del árbol.
Desde el exterior
oyó la voz de la mujer
deseándole suerte.

Enrique volvió sobre sus pasos.
Estaba tan contento
de haber encontrado las sonrisas
de Pascual, María y Felisa
que casi sonrió.
Pero entonces se acordó
de que su sonrisa
no había aparecido.
¿Dónde estaría?

Enrique salió del parque,
cruzó dos semáforos,
dobló la esquina,
pasó delante de la cafetería,
pasó delante de la farola,
dejó atrás tres árboles
y entró en su casa.

CasA
67

Saludó a Pascual
y le lanzó su sonrisa.
Se cruzó con María en el rellano
y le dio su sonrisa.

En casa tenían visita sorpresa.
La tía Felisa había venido
del pueblo
a conocer al pequeño Rodrigo.

En cuanto Enrique la vio,
se dio cuenta
de que algo raro pasaba.
—¡Tía Felisa! ¡Estás sonriendo!
—Es que me he encontrado
esta sonrisa
al borde de la cuna de Rodrigo.

Alguien debió de dejársela
para que Rodrigo estuviera
contento y tranquilo
toda la noche
–respondió Felisa–.
Me va un poco pequeña,
pero es mejor que nada,
¿no crees?

Enrique vio tan contenta a su tía
que no se atrevió
a reclamarle su sonrisa.
Por eso ahora
Enrique tiene una sonrisa
que le va grande
y que huele un poquito a hospital.

... Y Peraltilla,
el pueblo de la tía Felisa,
es el más sonriente del planeta.
Cuando Felisa sonríe,
la gente sonríe.
Cuando Felisa ríe,
la gente ríe.
Así de sencillo.

TE CUENTO QUE A BEGOÑA...

... no le gusta ni madrugar ni hacerse fotos. Tarda muchísimo en decidir qué postre tomará. Le encantan los niños, el viento y el chocolate negro. Se estaría horas y horas en las librerías y en las floristerías, pero le aburren las tiendas de electrónica. Lo que más le gusta del mundo es bailar con su hijo, estar con su familia, hablar con sus amigos, leer y escribir.

¿QUIERES LEER MÁS?

ENRIQUE NO PUEDE PARAR DE SONREÍR Y LA PROTAGONISTA DE **COMELIBROS** NO PUEDE PARAR DE COMER. Y es que ni las almendras ni el regaliz le quitan el hambre; por eso su abuelo le dice que, para saciar su voraz apetito, pruebe a comerse un libro... ¡Hum, qué rico!

COMELIBROS
Lluis Farré
EL BARCO DE VAPOR, SERIE BLANCA, Nº 84

SI TE VAN LAS HISTORIAS DE NIÑOS QUE, COMO ENRIQUE, TRATAN DE SOLUCIONAR SUS PROBLEMAS, LEE **EL DOMADOR DE MONSTRUOS**, donde conocerás a Sergio, un chico que ha decidido enfrentarse a los monstruos que se esconden en su cuarto.

EL DOMADOR DE MONSTRUOS
Ana María Machado
EL BARCO DE VAPOR, SERIE BLANCA, Nº 65

SI LO TUYO SON LOS PROTAGONISTAS COMO ENRIQUE, FUERA DE LO COMÚN, NO TE PIERDAS LA HISTORIA DE CLEMENTA, QUE EN **LA CENICIENTA REBELDE** lo pondrá todo patas arriba, trepando a los árboles, corriendo descalza y jugando con las cenizas de la cocina.

LA CENICIENTA REBELDE
Ann Jungman
EL BARCO DE VAPOR, SERIE BLANCA, Nº 53

CUANDO PIERDE SU SONRISA, ENRIQUE NO DUDA NI UN INSTANTE EN SALIR EN SU BÚSQUEDA, IGUAL QUE HARÁ **PATATITA** cuando descubra que ha perdido a su perro Caldero a la puerta de una pastelería.

PATATITA
Pilar Molina LLorente
EL BARCO DE VAPOR, SERIE BLANCA, Nº 1